AF296257

NARZALE JOBERT

NOTRE-DAME-DES-ARTS

SONNETS

DISTINGUÉS PAR L'ACADÉMIE DES JEUX FLORAUX

EN 1878

« Et in capite Ejus corona stellarum duodecim. »
(APOCALYPSE.)

PARIS

AUX BUREAUX DU ROSIER DE MARIE
16, PASSAGE COLBERT, 16

—

1878

NARZALE JOBERT

NOTRE-DAME-DES-ARTS

SONNETS

DISTINGUÉS PAR L'ACADÉMIE DES JEUX FLORAUX

EN 1878

« Et in capite Ejus corona stellarum duodecim. »

(APOCALYPSE.)

PARIS

AUX BUREAUX DU *ROSIER DE MARIE*

16, PASSAGE COLBERT, 16

1878

EXTRAIT DU *Rosier de Marie* DU 29 JUIN 1878.

NOTRE-DAME-DES-ARTS

Notre modestie devra souffrir des éloges qu'on veut bien nous adresser dans la lettre que nous publions ici ; mais nous ne pouvons, sans nuire à la gloire de notre Reine et Mère, refuser entrée dans nos colonnes à un chef-d'œuvre de poésie que nous devons à la piété d'un poète distingué, couronné aux Jeux floraux de Toulouse.

« Courtaoult, par Ervy (Aube), le 23 mai 1875.

A Monseigneur Pillon, de Thury, rédacteur en chef du ROSIER DE MARIE.

« Monseigneur,

« Je viens déposer entre vos mains quelques sonnets à la Vierge, inspirés par la lecture de votre délicieux *Rosier de Marie*. Vous avez présenté l'auguste Marie sous tous les titres connus dans la liturgie. Ma particulière tournure d'esprit me la fait envisager comme la Reine des arts. — Vous, Monseigneur, qui êtes habitué à voir les harmonies du monde d'en haut et du monde d'en bas avec le culte de la divine Mère, je ne doute pas de votre sympathie pour ma façon de sentir.

« Laissez-moi, Monseigneur, vous dédier ce petit livre. — Je ne puis placer mes sonnets sous de meilleurs auspices. Votre nom si glorieusement populaire lui portera bonheur, j'en suis sûr. Je n'en connais pas d'autre qui symbolise mieux l'art et la poésie : la poésie par le suave *Rosier de Marie*, l'art par la *Pantographie voltaïque*, qui produit chaque jour de véritables merveilles.

« Daignez agréer la sincère expression du profond respect avec lequel j'ai l'honneur d'être,

« Monseigneur,
« Votre très-humble et très-dévoué serviteur,

« NARZÀLE JOBERT. »

EN MANIÈRE DE PRÉFACE

« Parcourez l'Europe entière ; arrêtez-vous de-
« vant les antiques monuments ; interrogez, de-
« mandez ce qui les a fait sortir de terre avec tou-
« tes leurs merveilles, et une voix s'élèvera pour
« vous répondre : *Le Culte de Marie !* »

(Le vicomte WALSH.)

* * *

« Partout le génie de l'art s'est inspiré de la
« beauté, de la grandeur de la Femme incompa-
« rable ; partout le ciseau a demandé sa vive image
« au marbre muet ; partout le pinceau du peintre
« a fait rayonner la toile de son regard divin, de sa
« douce et pudique figure ; partout les accords du
« musicien compositeur ont chanté sa gloire,
« pleuré ses tristesses. »

(Le Révérend Père MARIE-AUGUSTIN
CHAMBEU, des Frères-Prêcheurs.)

« Marie est la Mère du beau infini manifesté
« dans le fini. Ce que l'artiste, ce qu'Homère, ce
« que Phidias, ce que Raphaël, ce que Mozart ont
« perçu et rendu de ce beau ineffable n'a été
« qu'un souffle, qu'un trait, qu'une nuance, qu'une
« note de l'idéal, dont Marie a conçu, contenu et
« produit la réalité. Marie est l'artiste par excel-
« lence, la Reine de l'art et de la poésie; car elle a
« conçu, elle a produit pour œuvre l'auteur même
« ou l'inspirateur de toutes les œuvres, le beau en
« personne, en qui tous les trésors de la poésie et
« de l'art sont contenus. »

(*Nouvelles Lectures pour tous*, de Toulouse.)

I

LA POÉSIE

Vierge sainte, à tes pieds germe la poésie,
Les théorbes divins exaltent ta grandeur,
Leurs hymnes pleins d'amour vibrent avec ardeur;
Les lyres d'ici-bas pour Reine t'ont choisie.

C'est que ton nom mystique, ineffable ambroisie,
Dépose sur la lèvre une suave odeur,
Que l'âme, en contemplant ta gloire et ta splendeur,
D'une extatique ivresse est tendrement saisie.

Aussi, quoi de plus frais, de plus doux, de plus pur,

Que ce concert qui monte à ton trône d'azur,

Et qui va se mêler aux célestes cithares.

C'est le parfum des fleurs qui s'épand dans les airs...

Quand vous chantez Marie, ô nos pieux Pindares,

J'aperçois à vos fronts de sublimes éclairs.

II

L'ÉLOQUENCE

Éloquence, salut! — O Vierge souveraine,

J'écoute; que de voix célèbrent ta beauté,

Ta vertu, ton amour et ton humilité!

Verbe humain n'eut jamais tant de splendeur sereine.

Agoras et Forums d'Italie et d'Athène,

Subjuguant autrefois tout un peuple agité,

Je vous oublie, au seuil des temples arrêté;

Cicéron, disparais; voile-toi, Démosthène!

C'est Chrysostome, cœur plein de force et d'élan;
C'est Bernard de Clairvaux, Ambroise de Milan;
Ils parlent ; dans les cieux ils emportent mon âme

Ils ont béni ton sceptre et ta couronne d'or,
O Vierge! et de nos jours mille discours de flamme
Sous les arceaux sacrés les font briller encor.

III

LA MUSIQUE

Voix des Eliacins sous les aubes de neige,
Orgues aux longs accents, chœurs aux vibrants accords,
Vous donnez — pour voler sur les divins Thabors —
Une aile à la prière, éminent privilége !

Le kinnor de David, que le trône protége,
Le nébel de son fils, fécond en doux transports,
Ont sans cesse éveillé de sublimes essors
En tout ardent génie où la croyance siége.

Beethoven, Pergolèze, Haydn (1), Palestrina,

Célébrant le Lys pur que rien ne profana,

Ont pour nous des élus traduit les mélopées.

Prises de nostalgie, aux terrestres confins,

Combien d'âmes déjà tressaillirent, — frappées

Par le lointain écho d'un chant de Séraphins!...

(1) On prononce *A-ïdn*.

IV

L'ARCHITECTURE

Reines des monuments, les vieilles cathédrales !
Ainsi que de la Foi jaillit l'amour pieux,
Du sol nous les voyons s'élancer vers les cieux,
Aux ardents climats comme aux zones sépulcrales.

Rosaces qui versez des splendeurs sidérales,
Ogives rejoignant vos arcs harmonieux,
Tulles pétrifiés, frêles et précieux,
Tours pliant vos gradins en multiples spirales,

Vous êtes le poème et le don florissant

De ce grand Moyen Age au souffle si puissant ;

Honneur à vous, Hirams de ces architectures !

— L'œil ravi les contemple et l'âme les bénit ; —

La Vierge rayonna sur vos riches structures ;

Vous chantâtes sa gloire en strophes de granit !

V

LA SCULPTURE

Mystérieux combat d'Israël avec l'Ange !

Lutte de la pensée âpre avec l'idéal,

Dans la pierre cherchant le grand front virginal,

C'est là le dur labeur des fils de Michel-Ange !

Que d'efforts obstinés la vaillante phalange

Dépense — pour saisir son rêve capital !

O bonheur ! on a vu sous un doigt magistral

Se montrer par éclairs la Beauté sans mélange.

Le marbre tour à tour sourit et fond en pleurs,
Car la Vierge a connu la joie et les douleurs,
Nazareth et Memphis, la Crèche et le Calvaire.

Des druides chartrains jusqu'à Rude et Simart,
Maîtres de tous les temps, combien je vous révère!
Votre austère génie a sanctifié l'Art.

VI

LA PEINTURE

Dans la crypte d'Éphèse, aux rives d'Ionie,
Jean le Voyant parlait. Autour du saint Mentor,
On voyait, écoutant la lèvre au verbe d'or
L'aimable Vierge avec l'Église réunie.

Or, pendant le discours, un peintre de génie,
Saint Luc, de ses pinceaux, autrefois son trésor,
Dessinait ce grand front que nul artiste encor
N'avait rendu pour le transmettre, — œuvre bénie! —

Quand il eut esquissé le sublime portrait,

Inapte à bien fixer les lignes, — à regret

Il brisa sa palette et dit : C'est impossible!...

Si son tableau, n'étant que superficiel,

Émeut, charme, ravit, sur ce globe faillible,

Quel sera le bonheur de voir Marie au ciel!...

VII

LA CÉRAMIQUE

Voici l'Art créateur qui fait parler l'argile
Ainsi que Jéhovah aux grands jours de l'Éden ;
Sous son doigt se transforme et palpite soudain
— Par un éclair frappée — une pâte fragile.

Après s'être imposé mainte dure vigile
Dans l'ombre de leur four, loin du trouble mondain,
Combien de Robbias, méditant le Jourdain,
Ont fait dire à l'émail des pages d'Évangile !

Découvrez à nos yeux, temples aux blancs frontons,
Vos médaillons si purs, vos frais lithostrotons ;
Je me sens au parvis céleste. — O Mosaïstes,

Le dessin gracieux que j'admire le plus,
Qui souvent exerça vos pouces coloristes,
C'est la Vierge suave avec l'Enfant-Jésus.

VIII

LA VITRERIE

Le temple s'ouvre. J'entre au sein des nefs gothiques.
Voici bien le divin dans le mystérieux !
Mes yeux sont éblouis; des vitraux radieux
La lumière ruisselle en ondes prismatiques.

Trèfles, roses, fleurons, étoiles artistiques,
— Encadrant de la Foi les héros glorieux —
Vous éveillez l'extase au fond des cœurs pieux,
Ces austères amants des absides antiques.

On croit voir des Élus les rangs triomphateurs,
Les Apôtres zélés, les Martyrs, les Docteurs,
Descendre des cieux sur les vitres diaprées.

Mais dans ce flamboiment qui rejaillit sur nous,
Resplendit votre Reine, ô cohortes sacrées ;
Inclinez tous vos fronts et ployez les genoux !

IX

LA TEXTURE

L'Orient, ce berceau du soleil où tout brille,
Où flottent les parfums sur des trésors de fleurs,
Nous légua le doux art de tisser les couleurs,
En donnant au Pinceau, pour rivale, l'Aiguille.

Pieux Jacquarts, dotez la chrétienne Famille
Des chefs-d'œuvre tombés de vos doigts assembleurs ;
A l'autel, ces tapis, ô glorieux Fileurs,
Sont le suave écho du vitrail qui scintille.

Harmonieusement l'argent, la soie et l'or,

Font hymen pour donner aux murs froids un décor

Qui de la Bible peint quelque scène sublime.

Gracieux Van Orley, parmi tes Arazzi,

La Vierge consacrée au temple de Solyme,

Voilà le frais tableau que ma muse a choisi !

X

L'ENLUMINURE

Ce moine que paraît absorber un volume,
Que fait-il, dans la paix des grands cloîtres obscurs ?
Gracieuse, sa main sur des parchemins durs
Promène le pinceau, le crayon ou la plume.

L'arabesque serpente et le nimbe s'allume
Dans la sérénité des ors et des azurs ;
La vignette sortant des cadres les plus purs
Étincelle, pareille aux éclairs de l'enclume.

Ici, la Vierge naît ; là, sur un lit de fleurs
Les Chérubins vers Dieu la transportent ; ailleurs,
Elle offre son Enfant au culte d'un roi mage.

Quand le prêtre ouvrira le splendide Missel,
Les regards éblouis par le texte et l'image,
Ne jouira-t-il pas des visions du ciel?

XI

LA MÉTALLURGIE

Le clocher villageois, la tour des basiliques,
Sur les plaines, les monts, les bois, trois fois le jour,
— De l'âme du chrétien interprétant l'amour —
A la Reine des cieux chantent d'ardents cantiques.

O accents merveilleux, ô gammes pacifiques !
De nos humbles vallons vous allez, tour à tour,
Vous unir aux concerts du glorieux séjour
Qui célèbrent la Vierge et ses vertus uniques.

Le temps dont la main frappe et renverse à la fois
Les chênes et les joncs, les cités et les lois,
A toujours respecté ces hymnes de la terre.

Sans cesse ils planeront dans les airs, en tout lieu,
Par la voix de l'airain proclamant ce mystère :
Le Christ est Dieu, Marie est la Mère de Dieu.

XII

LA GLYPTIQUE

Gloire au burin vainqueur de la fine sculpture!
Jade, turquoise, onyx, émeraude, corail,
Montrent l'ingénieux et l'exquis du travail,
Subissant du ciseau la subtile pointure.

La Vierge au front divin, perle de l'Écriture,
Reflète sa beauté dans le brillant émail;
De sa vie ici-bas maint captivant détail
Se révèle à nos yeux par la miniature.

Regardez ! En l'honneur de la Reine des cieux,

Que de saints médaillons, de rosaires pieux,

Que de cachets frappés à son auguste image !

Oui, gloire aux Cellinis dont l'art pur rend hommage

Au chef-d'œuvre d'amour sorti resplendissant

Des mains de Jéhovah, l'artiste tout-puissant !

TABLE

—

Imp. Vve Rendu, Maulde & Cock, R. Rivoli, 144, à Paris.   92292

V^es Renou, Maulde & Cock, R. Rivoli, 144, à Paris   —   92298